26 P

CATALOGUE

DE LA COLLECTION

De feu M. le Baron DES MAZIS

OBJETS D'ART

ET DE CURIOSITÉ

Bronzes italiens, Ivoires, Bois sculptés, du XVIe au XVIIe siècle ; Terres cuites ; Marbres, Albâtres ; Faïences ; Objets en fer ouvragé ; Orfèvrerie du XVe au XVIIIe siècle. **Les Travaux d'Hercule**, douze Bas-reliefs en argent repoussé, beau travail italien ; Matières précieuses, Objets de montre ; Meubles anciens, en chêne et noyer sculpté, Curiosités diverses ;

TABLEAUX ANCIENS

Livres sur les Arts,

40 DESSINS

Par J.-J. GRANDVILLE

DONT LA VENTE AUX ENCHÈRES PUBLIQUES AURA LIEU

HOTEL DROUOT, SALLE N° 1

Les 26, 27, 28 Février, 1er et 2 Mars 1867,

A DEUX HEURES

Par le ministère de Me **Charles Vignals**, Commissaire-Priseur, boulevard des Italiens, 9,

Assisté de M. **Dhios**, Expert, rue Le Peletier, 33,

CHEZ LESQUELS SE DISTRIBUE LE PRÉSENT CATALOGUE.

EXPOSITION PUBLIQUE

Le Lundi 25 Février 1867, de 1 heure à 5 heures.

PARIS — 1867

RENOU & MAULDE
IMPRIMEURS DE LA COMPAGNIE DES COMMISSAIRES-PRISEURS
Rue de Rivoli, 144.

CATALOGUE

DE LA COLLECTION

De feu M. le Baron DES MAZIS

OBJETS D'ART

ET DE CURIOSITÉ

Bronzes italiens, Ivoires, Bois sculptés, du XVIe au XVIIe siècle; Terres cuites; Marbres, Albâtres; Faïences; Objets en fer ouvragé; Orfévrerie du XVe au XVIIIe siècle. **Les Travaux d'Hercule,** douze Bas-reliefs en argent repoussé, beau travail italien; Matières précieuses, Objets de montre; Meubles anciens, en chêne et noyer sculpté, Curiosités diverses;

TABLEAUX ANCIENS

Livres sur les Arts,

40 DESSINS

PAR J.-J. GRANDVILLE

DONT LA VENTE AUX ENCHÈRES PUBLIQUES AURA LIEU

HOTEL DROUOT, SALLE N° 1

Les 26, 27, 28 Février, 1er et 2 Mars 1867,

A DEUX HEURES

Par le ministère de Me **CHARLES VIGNALS**, Commissaire-Priseur, boulevard des Italiens, 9,

Assisté de M. **DHIOS**, Expert, rue Le Peletier, 33,

CHEZ LESQUELS SE DISTRIBUE LE PRÉSENT CATALOGUE.

EXPOSITION PUBLIQUE

Le Lundi 25 Février 1867, de 1 heure à 5 heures.

PARIS — 1867

CONDITIONS DE LA VENTE

Elle sera faite au comptant.

Les Acquéreurs paieront CINQ POUR CENT en sus du prix d'adjudication.

L'Exposition mettant les Acquéreurs à même de se rendre compte de l'état des Objets, il ne sera reçu aucune réclamation une fois l'adjudication prononcée.

5 f.

DÉSIGNATION

Ivoires.

1 — Statuette : Vénus accroupie.

2 — Statuette : Saint Sébastien.

3 — Statuette : Saint Martyr, garrotté et attaché à un tronc d'arbre.

4 — Deux Statuettes : Adam et Ève.

5 — Statuette : Le Christ prêchant.

6 — Statuette : Grand-Prêtre.

7 — Statuette : Vierge debout sur une gloire d'anges.

8 — Statuette : Le Christ.

9 — Deux Statuettes : Diane et Hébé.

10 — Statuette : La Vierge et l'Enfant Jésus couronnés.

11 — Statuette : Saint Pierre.

12 — Statuette : La Vierge écrasant la tête du serpent.

13 — Groupe : L'Éducation de la Vierge.

14 — Groupe : Mars et Vénus.

15 — Statuette : La Vierge portant l'Enfant Jésus dans ses bras.

16 — Grande Statuette : La Vierge écrasant la tête du serpent.

17 — Statuette : Femme couchée.

18 — Statuette : Homme couché; étude anatomique.

19 — Statuette d'homme nu et debout.

20 — Diptyque en ivoire sculpté, représentant saint Georges et sainte Catherine. Monture en argent doré. Travail dans le goût du XVe siècle.

21 — Triptyque en ivoire sculpté de forme ogivale, représentant au milieu le Couronnement de la Vierge, et sur chaque volet une sainte. Travail dans le style du XVe siècle.

22 — Plaque en ivoire sculpté, représentant une épisode de l'histoire romaine. Travail dans le goût des diptyques consulaires.

23 — Bas-Relief ovale en ivoire sculpté : la Sainte Famille entourée d'anges. Travail très-fin du XVIIe siècle.

24 — Cippe sculpté en haut-relief, représentant les Centaures et les Lapithes. Monture en argent repoussé et gravé.

25 — Cippe sculpté en haut-relief, représentant des Jeux d'Enfants.

26 — Cornet et Dés à jouer. Le cornet est sculpté de trois figures représentant des joueurs, costumes du XVe siècle.

27 — Cornet à jouer, sculpté de figures de moines jouant aux dés.

28 — Cornet à jouer, sculpté de figures en relief représentant l'Enlèvement des Sabines. Beau travail ancien très-fin.

29 — Cornet à jouer sculpté de figures en relief : Soldats jouant aux dés.

30 — Coffret à bijoux, forme ovoïde, à rinceaux et ornements sculptés.

31 — Diptyque divisé en quatre tableaux. Sujets tirés de la vie du Christ. Style gothique.

32 — Bas-Relief gallo-romain. : Saint Pierre tenant les clefs du Paradis, et entouré de deux personnages. Travail très-curieux.

33 — Petite Cuillère : Tête de femme formant cariatide; et Râpe à tabac ornée d'une figurine représentant Pomone.

34 — Coffret de forme carré-long orné de bas-reliefs représentant une Chasse au lion et au sanglier, des cavaliers et des animaux chimériques. Travail très-ancien.

35 — Coffret en ivoire sculpté de figures mythologiques en relief. Curieux travail très-ancien.

36 — Petit Étui en ivoire sculpté.

37 — Râpe à tabac en ivoire sculpté, ornée de figures.

38 — Trois Médaillons en ivoire sculpté : Portraits et sujet religieux.

39 — Deux Manches de couteau en ivoire sculpté de figures d'enfants et d'animaux.

40 — Peigne en ivoire sculpté. Travail du XIIe ou du XIIIe siècle.

41 — Bonbonnière, en ivoire sculpté, de forme ronde; sur le couvercle est représenté le Jugement de Pâris.

42 — Jeu d'échecs en ivoire.

43 — Petite Râpe à tabac sculptée avec blason.

44 — Petit Bas-Relief en ivoire sculpté : l'Adoration du Veau d'or.

45 — Plaque en ivoire gravé : l'Adoration des Bergers.

46 — Sculpture en ivoire : Hermaphrodite.

47 — Bas-Relief formant socle : Adam et Ève chassés du Paradis terrestre.

48 — Trois Médaillons : Bustes de saints et Tête de femme.

49 — Boîte ronde et Figurine de saint Roch.

50 — Étui en cuir gaufré contenant quatre pièces en ivoire finement sculpté.

51 — Douze pièces : Couteaux, Fourchettes et Cachets à manches en ivoire sculpté.

52 — Manche de couteau sculpté : Groupe représentant le Jugement dernier.

53 — Quenouille de mariage dont le manche est orné de groupes d'enfants.

54 — Bonbonnière ovale et tête de mort.

55 — Petite Boîte montée en argent et ornée d'un bas-relief : Josué arrêtant le soleil.

56 — Boîte ornée d'une tête de satyre sculptée en relief. Monture en argent.

57 — Boîte et Bas-Relief ornés de sujets mythologiques.

58 — Pion de tric-trac : Lutteurs.

59 — Bénitier orné de figures sculptées.

60 — Bas-Relief : Saint Martin.

61 — Bas-Relief : Le Christ et les saintes Femmes au pied de la croix.

62 — Bas-Relief de forme ronde : Groupe de trois figures mythologiques sculptées en haut-relief. Travail très-ancien.

63 — Triptyque à volets mobiles. Travail allemand de la fin du xve siècle.

64 — Bas-Relief : Les Apôtres.

65 — Quatre Médaillons : Évangélistes et buste.

66 — Bas-Relief : La Vierge et l'Enfant Jésus.

67 — Bas-Relief : Danaé.

68 — Bas-Relief : Vénus et l'Amour.

69 — Bas-Relief : Faune blessé.

70 — Bas-Relief : David tenant la tête de Goliath.

71 — Bas-Relief : Le Jugement de Pâris.

72 — Bas-Relief : Madeleine repentante.

73 — Bas-Relief : Vierge et Enfant Jésus.

74 — Petite Buire dont la panse est ornée de figurines d'enfants en relief.

75 — Trois petites Statuettes équestres.

76 — Deux petites Statuettes : Enfants en prière.

77 — Buste : Tête de Guerrier.

78 — Buste : Bacchante.

79 — Buste : Femme coiffée d'un turban.

80 — Buste d'homme sur socle en marbre noir.

81 — Buste : Empereur romain. Ivoire ancien.

82 — Deux grands Bustes : Empereur et Impératrice romains.

83 — Le Christ sur la croix.

[illegible] — Autre, plus petit.

84 — Dix-neuf pièces en ivoire et ambre bas-reliefs et sculptures diverses.

Bois sculptés.

85 — Groupe : Hercule et Antée.

86 — Statuette : Saturne.

87 — Statuette : Bacchante.

88 — Statuette : Vulcain.

89 — Statuette : Hercule Farnèse.

90 — Statuette : La Madeleine agenouillée.

91 — Statuette : Saint Joseph portant l'Enfant Jésus dans ses bras.

92 — Groupe de trois femmes formant flacon.

93 — Petit Monument orné de figurines et d'animaux sculptés, et surmonté d'une croix.

94 — Deux petites Quenouilles en bois sculpté de groupes de figures.

95 — Manche de couteau en buis sculpté de figures de guerriers.

96 — Coffret en bois sculpté du XVIe siècle, orné de figures mythologiques et de chimères.

97 — Petit Coffret en bois sculpté, style Renaissance.

98 — Pot à tabac en bambou sculpté de figures.

99 — Bas-Relief : Le Christ portant sa croix. Très-joli travail du XVe siècle.

100 — Bas-Relief : La Conversion de saint Paul. Travail très-fin du XVIe siècle.

101 — Bas-relief : Sainte-Catherine de Sienne.

102 — Bas-relief : Sainte-Marguerite.

103 — Bas-relief : Sujet allégorique avec personnages en costume du XVIe siècle.

104 — Bas-relief : Groupe de six figures. Personnages XVe siècle.

105 — Médaillon-Portrait d'homme, et Couronne de chêne avec encadrement en écaille.

106 — Grand bas-relief : Le Baiser de Judas.

107 — Trois Frises en bois sculpté à rinceaux et figures.

108 — Coffret orné de sculptures, sujets de chasse et animaux.

109 — Râpe à tabac ornée de figures de lions et armoiries

110 — Statuette : Guerrier couché sur un tombeau.

111 — Flacon orné d'une frise d'enfant sculptée en relief.

112 — Vase-Bénitier de forme basse orné de quatre médaillons représentant des scènes de la vie du Christ. Travail très-fin.

113 — Quenouille de mariage ornée de figures mythologiques.

114 — Jonghe chinoise ornée d'un grand nombre de figures.

115 — Étui en bois sculpté représentant Vénus et l'Amour.

116 — Un Couteau, à manche orné de figures sculptées, représentant Adam et Eve.

117 — Petit Miroir avec encadrement en fer gravé à jours.

118 — Petit Cadre finement sculpté à figures de cariatides et têtes d'anges.

119 — Gaîne sculptée avec médaillons à personnages.

120 — Trois Manches de couteaux finement sculptés.

121 — Statuette de Christ et figure de Sainte.

122 — Quatre Médaillons-Portraits, bois sculpté.

Bronzes.

123 — Statuette : réduction du Mercure de Jean de Bologne.

124 — Statuette : Une Femme ailée.

125 — Statuette : Femme assise, tenant un équerre et un compas.

126 — Statuette : Mercure appuyé à un tronc d'arbre.

127 — Statuette : Satyre frappant des cymbales.

128 — Statuette : Femme nue, la main gauche appuyée sur une urne funéraire.

129 — Statuettes formant candélabres : Faune et Faunesse.

130 — Taureau debout, sur socle en bronze orné de quatre médaillons ; sujets bibliques et portrait.

131 — Statuette : Esclave noir garrotté et attaché à un tronc d'arbre. Joli bronze italien.

132 — Statuette : Lucrèce debout, socle en marbre jaune de Sienne. Petit bronze italien du XVIe siècle, très-fin.

133. — Statuette : Cléopâtre, socle en marbre bleu turquin. Petit bronze italien du XVIe siècle.

134 — Statuette : Apollon debout, — socle en marbre noir. Bronze italien du XVIe siècle.

135 — Groupe : Psyché et l'Amour. Réduction de Barbedienne.

136 — Statuette : Femme debout ; allégorie de la guerre.

137 — Statuette : Mendiant.

138 — Statuette : Satyre portant des fruits. Petit bronze très-fin.

139 — Statuette : Le Jardinier.

140 — Nymphe sur la lionne, dite de Francfort. Socle en marbre jaune de Vérone.

141 — Statuette : Silène. Petit bronze du XVIe siècle, très-fin.

142 — Statuette : Fou. Bronze italien du XVIe siècle.

143 — Statuette : Le Christ. Bronze doré du XVIIe siècle.

144 — Statuettes : Deux Guerriers.

145 — Trois petits Bustes : Philosophes et Empereur romain.

146 — Figurine de l'Enfant Jésus. Bronze ciselé et doré.

147 — Tête de Mascaron. Bronze ciselé.

148 — Figurine : L'Envie. Bronze ciselé et doré.

149 — Statuette : La Vénus de Milo. Réduction de Barbedienne.

150 — Deux grands flambeaux d'église italiens, à trois pieds, formés par des têtes de mascarons, des satyres, des animaux chimériques et des feuillages. Style florentin du XVIe siècle.

151 — Deux autres flambeaux du même genre, mais plus petits.

152 — Monstrance en cuivre ciselé et doré, ornée de boules en corail. Gràcieux travail de la fin du XVe siècle.

153 — Calice et sa Patène en cuivre ciselé et doré.

154 — Grande Aiguière et son plateau, en cuivre gravé avec incrustations d'argent. Beau travail oriental.

155 — Grand Plat rond en cuivre gravé. Travail oriental.

156 — Grand plat rond en cuivre gravé, orné de médaillons et figures alternant avec des rinceaux.

157 — Buire en cuivre uni, d'une forme très-gracieuse.

158 — Vase à couvercle, orné d'une frise à rinceaux, figures et animaux chimériques, très-finement ciselée.

159 — Vase à anse, finement gravé. Travail oriental.

160 — Autre Vase à anse, plus grand et d'un beau travail.

161 — Christ en bronze doré, sur une croix en bois noir.

162 — Mortier décoré de figures mythologiques et de rinceaux. Bronze italien du XVIe siècle.

163 — Petite Boîte ronde avec couvercle surmonté d'un buste de femme. Bronze italien du XVIe siècle, finement ciselé.

164 — Petite Pendule de voyage en bronze ciselé et doré, décorée d'une frise à têtes de mascarons et rinceaux et d'un bas-relief finement ciselé, représentant le campement d'une armée, XVIe siècle.

165 — Pendule de voyaye en bronze ciselé et doré du temps de Louis XVI.

166 — Une coupe ornée de sujets mythologiques. Copie d'un bronze du XVIe siècle.

167 — Vase hexagone, avec ornements ciselés en relief et couvercle surmonté d'une statuette d'enfant.

168 — Lampe en bronze artistique, orné de figures en relief, avec son pied formé par trois caryatides se terminant en têtes de lions.

169 — Deux vases en bronze, forme Médicis, ciselés de figures d'enfants, avec anses à têtes de béliers.

170 — Bas-relief en cuivre repoussé et doré : La Sainte-Famille. Cadre en ébène.

171 — Groupe d'Animaux chimériques et une Buire en bronze antique.

172 — Buste d'homme. Réduction de Barbedienne.

173 — Médaillon : Portrait de femme, les cheveux tressés et couronnés de perles. Bronze italien très-fin.

174 — Grand bas-relief : Les Dieux de l'Olympe. Bronze italien.

175 — Bas-relief de forme ronde : La Famille de Noé entrant dans l'Arche. Bronze italien du XVIe siècle.

176 — Bas-relief de forme ronde : Le Jugement de Salomon. Bronze italien.

177 — Bas-relief : La Flagellation. Joli bronze italien du XVIe siècle.

178 — Bas-relief : Bacchanale d'enfants. Joli bronze très-fin.

179 — Médaillon ovale : Buste de femme. Encadrement rocaille.

180 — Médaillon : Têtes de femme et de guerrier.

181 — Bas-relief : La Charité. Bronze italien.

182 — Bas-relief : L'Adoration des Mages. Cadre en ébène.

183 — Grand bas-relief : La Mise au Tombeau. Bronze italien du XVIe siècle, d'un grand style.

184 — Médaillon ovale : La Sainte-Famille. Bronze doré du XVIIe siècle.

185 — Médaillon ovale : La Conversion de saint Paul. Bronze italien.

186 — Deux grands bas-reliefs : L'Adoration des Bergers et des Mages. Travail en cuivre repoussé et doré.

187 — Deux Médaillons ovales en cuivre repoussé : David et sainte Cécile chantant les louanges du Seigneur.

188 — Bas-relief en cuivre repoussé, époque Louis XIV : Entrée d'Alexandre dans Babylone.

189 — Bas-relief en cuivre repoussé : Un Prophète.

190 — Bas-relief ovale : Sujet mythologique. Petit bronze très-fin.

191 — Triptyque en cuivre ciselé. Style gothique.

192 — Deux Médaillons en bronze : Henri IV et Sully.

193 — Bas-relief : Le Christ. Petit bronze italien du XVIe siècle.

194 — Bas-relief : Le Couronnement de la Vierge. Bronze ciselé et doré.

195 — Petite Boîte carrée en bronze tonquin.

196 — Dix pièces. Bronzes antiques et autres.

197 — Cadres en bronze, Médaillons, monnaies de billon, etc.

Fers d'art.

198 — Quatre Statuettes en fer damasquiné, or et argent, représentant : Vénus et l'Amour, Saturne dévorant ses enfants, Jupiter et l'Aigle et Mercure tenant le caducée. Travail hors ligne du XVIe siècle.

199 — Glace à biseau avec encadrement en fer repoussé de figures d'enfants. Beau travail du XVIe siècle.

200 — Grande Console en fer forgé. Beau travail du temps de Louis XIV.

201 — L'Assomption de la Vierge. Repoussé en haut-relief; XVIe siècle, travail italien.

202 — L'Astronomie. Plaque repoussée en fort relief. Travail italien du XVIe siècle.

203 — Plaque repoussée : Vénus, l'Amour et un Dragon. Travail italien du XVIe siècle.

204 — Scie à main en fer ciselé et doré, XVIe siècle.

205 — Sécateur ciselé, gravé et doré, XVIe siècle.

206 — Deux petites Cariatides. Travail du XVIe siècle.

207 — Trousse en fer damasquiné argent dans une gaîne en cuir.

208 — Deux plaques en fer repoussées de figures de femme et guerrier, damasquinées en or.

209 — Colonne en fer ciselé surmontée d'un génie.

210 — Tête de femme formant applique avec ornements ciselés à jours; XVIe siècle.

211 — Deux plaques ciselées et gravées; Paysages et sujets mythologiques.

212 — Console. Applique en fer forgé.

213 — Boîte en fer repoussé ayant la forme d'un violon.

214 — Deux râpes en fer damasquiné or et argent.

215 — Trois couteaux et une pince en fer damasquiné et doré.

216 — Cuiller à sucre en fer ouvragé du XVIe siècle.

217 — Deux paires de ciseaux en fer, l'une damasquinée argent.

218 — Drageoir ovale en fer damasquiné de figures en argent.

219 — Drageoir en fer ouvragé et à jours, décoré de figures et de rinceaux.

220 — Drageoir en fer champlevé décoré de feuillages et de rinceaux.

221 — Drageoir de forme ronde en fer repoussé et découpé à jours. Au centre, médaillon d'un souverain en argent doré.

222 — Drageoir en fer champlevé, de forme octogone, avec plaques à facettes en cristal de roche.

223 — Gaîne avec couteau et fourchette en fer gravé et doré.

224 — Gaîne en fer ciselé avec couteau et fourchette manches damasquinés.

225 — Fermoir d'escarcelle en fer ciselé du XVIe siècle.

226 — Plaque en fer repoussé : Sujet de chasse. Travail très-fin du XVIe siècle.

227 — Plaque en fer damasquiné or : La Résurrection. Travail italien du XVIe siècle.

228 — Carnet de poche en fer damasquiné or.

229 — Croix en fer damasquiné or. Travail du XVIe siècle.

230 — Médaillon en fer : Figure de guerrier; haut-relief, XVIe siècle.

231 — Deux plaques en fer repoussé des figures de Mars et Vénus.

232 — Plaque repoussée : Attributs et blason.

233 — Plaque repoussée : Cavaliers. Encadrement à fruits.

234 — Petite Lanterne à main en fer ciselé et gravé du XVIe siècle.

235 — Agrafe de ceinture ciselée.

236 — Trois plaques : Figures et ornements repoussés.

237 — Petite longue-vue, un porte-cartes et un étui à ciseaux en fer damasquiné or et argent.

238 — Quatre pièces en fer ciselé et gravé : Tête de mascaron, hure de sanglier, agrafe et boucle de ceinture.

239. — Trois sceaux italiens du XVIe siècle.

240 — Navette repercée à jours.

241 — Cachet ciselé avec figures en relief.

242 — Statuette de saint.

243 — Lampe en fer ciselé.

244 — Porte-manteau ciselé.

245 — Trépied en fer ouvragé.

246 — Porte-plat en fer gravé.

249 — Petit coffre de sûreté. Travail moderne.

250. — Divers fragments en fer ciselé, damasquiné et repoussé.

Argenterie, Orfévrerie et Bijoux.

251 — Dix plaques en argent repoussé, représentant les Travaux d'Hercule. Travail italien de la fin du XVIe siècle. Ces plaques proviennent de la collection du comte Castel-Barco (de Milan).

252 — Deux médaillons en argent repoussé : Portraits de François II et de Marie Stuart. Cadres en argent ciselé à rinceaux, figures et animaux chimériques. Précieux travail du XVIe siècle.

253 — Calice et sa patène, en vermeil ciselé et repoussé ; sujets à figures représentant des scènes de la vie du Christ. Travail remarquable du XVIIe siècle.

254 — Paire de flambeaux en argent, époque Louis XIV.

255 — Grande plaque en argent repoussé en fort relief, représentant la Vierge, Jésus et saint Jean entourés d'une gloire d'anges. Encadrement en bois sculpté à jours, avec couronnement à fronton.

256 — Bas-relief de forme ronde en argent repoussé : Apollon et le dieu Pan.

257 — Tabatière en or, garnie de grenats, forme carré-long.

258 — Camée en lapis Lazulli : Tête de Niobé sculptée en haut-relief. Cercle en or émaillé orné de pierres.

259 — Bague en or, montée d'un saphir entouré de neuf brillants.

260 — Deux médaillons ovales sur nielle d'argent : Saint Pierre et Saint Paul. Cadre en ébène avec ornements en cuivre ciselé.

261 — Deux autres nielles : Saint Marc et Saint Mathieu.

262 — Quatre petits médaillons en argent repoussé, de forme ronde ; sujets historiques et mythologiques.

263 — Deux bas-reliefs en argent repoussé : allégories des Saisons.

264 — Médaillon en argent repoussé de forme ronde. Allégorie mythologique.

265 — Plaque ovale, nielle d'argent, représentant le Christ bénissant.

266 — Plaque en argent gravé et doré : la Sainte Famille.

267 — Agrafe en argent se terminant par une tête de mascaron ciselée.

268 — Bas-relief en argent repoussé : l'Adoration des Bergers.

269 — Bonbonnière en vermeil ornée d'un camée.

270 — Patène ou Baiser de paix en nielle d'argent ; avec encadrement monumental en cuivre doré.

271 — Petit Miroir de forme ronde en argent repoussé. Travail français du XVIIe siècle.

272 — Bas-Relief de forme ronde en argent doré. Allégorie de la Charité.

273 — Couteau et Fourchette en argent. Époque Louis XIV.

274 — Huit petits Médaillons ovales en argent repoussé, représentant des phases de la vie du Christ.

275 — Ceinture en argent ciselé et doré, orné de turquoises et de grenats.

276 — Petit Vase en argent ciselé et doré.

277 — Grande Timbale.

278 — Petit Calice en argent repoussé et doré.

279 — Cuillère en argent dont le manche est terminé par une tête de femme.

280 — Salière en argent repoussé et doré, époque Louis XIV.

281 — Ceinture en argent ciselé et émaillé.

282 — Coupe à lobes, en argent repoussé ; au centre, une figure de guerrier.

283 — Plateau ovale en argent repoussé, orné au centre d'une figure de femme tenant une gerbe de blé.

284 — Bas-Relief en repoussé d'argent, représentant le Christ mort.

285 — Médaillon ovale en repoussé d'argent : Mars et Vénus.

286 — Boîte ronde en argent repoussé; le couvercle est orné d'un sujet mythologique.

287 — Carnet en argent gravé et doré, avec feuilles en ivoire.

288 — Petit Carnet de visite en argent repoussé.

289 — Écusson en argent repoussé et ciselé, aux armes du cardinal de Bourbon.

290 — Quatre Évangélistes. Médaillons ronds en argent ciselé en relief.

291 — Navette en argent.

292 — Quatre Épingles et deux Bagues en or et argent, ornées de camées.

293 — Un Lot d'agrafes en argent.

294 — Six pièces en argent, boîte à mouches en argent, passoire à thé, deux plaques niellées et deux anneaux.

295 — Cuillère et Fourchette en argent et fer damasquiné en or.

296 — Ancienne monnaie française en or.

297 — Anciennes monnaies d'argent.

Objets variés.

298 — Châsse byzantine en émail, ornée sur une des faces de six médaillons de saints en relief, entourés de chatons à pierres enchâssés. Sur les côtés et sur l'autre face, médaillons de saints et d'anges émaillés sur fond vert et bleu. Travail de Limoges du XIIIe siècle.

299 — Pendule Louis XIII, en bois noir, garnie de bronzes et ornements en cuivre doré; forme dite Religieuse.

300 — Canette en étain, décorée de trois médaillons à figures, alternés d'ornements à rinceaux. La poignée est formée par une cariatide de femme. XVIe siècle.

301 — Flacon en cristal de roche, avec ornements sculptés en relief. Travail chinois.

302 — Petit Coffret à bijoux, en agate et pierres de couleurs, monté en argent avec statuettes d'enfants assis sur des dauphins. Travail allemand.

303 — Plateau creux en plaques de lapis montées en cuivre doré et filigrane d'argent.

304 — Glace Louis XIII, avec encadrement en cuivre repoussé et doré.

305 — Petite Horloge, de forme hexagone, en cuivre ciselé, gravé et doré. Ouvrage de la fin du XVIe siècle.

306 — Petite Coupe à six lobes, en émail de Limoges, décorée de paysages et d'Amours; au centre, une figure de saint; au revers, des ornements à rinceaux. Signée Jean Laudin.

307 — Montre ovale, en cuivre ciselé et doré, du XVIe siècle.

308 — Tabatière en ébène sculptée à figures et rinceaux, monture en argent.

309 — Grosse Montre-Réveil en argent dans son double boîtier.

310 — Grande Plaque ovale en nacre sculptée et gravée, représentant la Fuite en Egypte. Signée : G. Hellekin. Encadrement en bois sculpté.

311 — Coffre, genre Boule, en marqueterie de cuivre sur écaille. Travail moderne.

312 — Deux cariatides en cuir repoussé, formées par deux enfants.

313 — Hanap en corne sculptée, avec fleurs et feuillages en relief.

314 — Custode en émail cloisonné.

315 — Quatre pièces en émail de Chine : deux assiettes, une boîte à thé et une râpe.

316 — Étui de forme octogone en écaille gravée.

317 — Tasse et sa Soucoupe en porcelaine de Chine mince.

318 — Couverture de livre en cuivre repoussé et doré.

319 — Défense de narval.

320 — Petite Boîte ovale en jaspe fleuri. Monture en cuivre ciselé et doré du temps de Louis XVI.

321 — Boîte en écaille ; monture en argent.

322 — Morceau de cristal de roche sur lequel est sculptée une tête de femme.

323 — Étui en écaille piquée d'or, renfermant des fragments d'un chapelet en noyau sculpté.

324 — Pendule de voyage. Travail moderne.

325 — Petite Gourde en forme de poire, avec ornements et figures.

326 — Petit Flacon et groupe en jade blanc. Travail chinois.

327 — Vase en forme de tonneau en verre de Venise rubané.

328 — Trois Vases étrusques en terre peinte, décorés de sujets à figures.

329 — Cadre en ivoire.

330 — Bas-Relief en terre émaillée, représentant un Mendiant et un chevalier.

331 — Mausolée égyptien en marbre vert.

332 — Médaillon ovale en rouge antique.

333 — Deux Bas-Reliefs en nacre sculptée et gravée : Enfance de Bacchus et scène historique.

334 — Flacon en verre antique.

335 — Deux Médaillons à figures, nacre et bois gravé.

336 — Canne en jong avec pommeau damasquiné argent.

337 — Petite Canne en corne, avec pommeau en argent ciselé.

338 — Canne avec poignée sculptée d'une femme couchée.

339 — Grand Portefeuille en maroquin rouge.

340 — Plat rond en bronze orné d'une figure de mascaron au centre.

341 — Six Planches de Panoplies d'armes garnies en velours grenat.

Marbres et Albâtres.

342 — Dix-sept pièces : Bas-Reliefs, Médaillons, Bustes, Statuettes, Sujets mythologiques, historiques et religieux de diverses époques.

Terres cuites.

343 — Vingt pièces : Statuettes, Groupes, Bas-Reliefs, Bustes, Buires, Lampes antiques, etc.

Porcelaines et Faïences.

344 — Trente pièces : Faïences italiennes et françaises. Grès de Flandre et Terres émaillées.

345 — Dix-sept pièces : Porcelaines de Sèvres et autres. Tête-à-Tête, Tasses, Assiettes, Sucriers, etc.

346 — Divers Socles en marbre.

Meubles anciens.

347 — Meuble à deux corps, en bois sculpté, de la fin du XVIe siècle, orné de frises, de rinceaux et de têtes de mascarons.

348 — Meuble-Crédence en chêne sculpté du XVIe siècle, avec sa clef en fer de l'époque.

349 — Cabinet en ébène, orné de plaques en ivoire gravé à sujets religieux et autres, fronton orné d'une plaque en argent repoussé et d'un cadran de pendule. Travail italien.

350 — Dressoir en chêne sculpté.

351 — Quatre Chaises en chêne sculpté foncées en canne.

352 — Quatre Escabeaux.

353 — Deux Chaises Louis XIII.

354 — Trois Tables-Bureau en chêne sculpté, à pieds tors.

355 — Bureau marqueterie Louis XIII.

356 — Encoignure.

357 — Table de jeu.

358 — Cabinet en bois noir.

TABLEAUX

BREYDEL (le Chevalier)

359 — Combat de cavaliers.

CALLOT (Genre de)

360 — Scènes de la vie de l'Enfant prodigue. Deux pendants.

CHARLET (Signé)

361 — Paysage. Effet d'hiver.

CORRÉGE (École du)

362 — Andromède attachée au rocher.

363 — La Vierge et l'Enfant Jésus.

CUYP (Genre de A.)

364 — Extérieur de ferme.

GIORGIONE (École de)

365 — Réunion de personnages.

GOYEN (Van)

366 — Village hollandais près d'une rivière.

GREUZE (École de)

367 — Tête de jeune fille.

GUERCHIN (Attribué à)

368 — La Madeleine repentante.

JORDAENS (École de)

369 — Bacchus et Ariane.

JOUVENET (École de)

370 — Le Christ mort.

MORONE (Attribué à)

371 — Portrait d'homme.

OMMÉGANCK (Attribué à)

372 — Têtes de moutons.

OSTADE (École de Van)

373 — Danse hollandaise.

PARMESAN

374 — Vénus et l'Amour.

PARMESAN (École du)

375 — Sainte Famille. Peinture en grisaille. 8

PAUL POTTER (D'après)

376 — Animaux au pâturage. 25

PRIMATICE (École du)

377 — Sujet mythologique. 20

RUBENS (École de)

378 — Méléagre et Atalante. 21

SALVATOR ROSA (École de)

379 — Combat de cavaliers. 12

SCHEFFER (Ary)

380 — Cérémonie religieuse. Esquisse signée. 20

SCHIAVONE

381 — La Mise au tombeau. 40

STRY (Van)

382 — Deux vaches dans un paysage. 10

SWEBACH

383 — Combat militaire. 35

TENIERS (École de David)

384 — Deux fumeurs.

VÉRONÈSE (D'après P.)

385 — Mercure. Allégorie.

VERNET (École de J.)

386 — Marine.

WILLE. Signé : 1805

387 — Capture par des brigands. Dessin capital.

ÉCOLE FRANÇAISE

388 — Buste de jeune femme.

389 — La Dentellière.

390 — Narcisse. Esquisse.

391 — Portrait de jeune femme.

392 — La Marchande d'œufs.

393 — Portrait de jeune femme; costume Louis XVI. Ovale.

394 — Portrait de femme.

395 — Portrait de saint Louis.

396 — Portrait d'homme; époque Louis XIV. Ovale.

ÉCOLE FRANÇAISE

397 — Jeune femme et l'Amour.

398 — Le petit Ramoneur.

ÉCOLE FLAMANDE

399 — Scène d'intérieur : L'Accouchée. Peinture en grisaille.

400 — Scène d'intérieur. Effet de lumière.

401 — Deux gouaches représentant des sujets mythologiques avec encadrements décorés d'arabesques.

402 — Bohémiens. Peinture en grisaille.

403 — Convoi militaire.

404 — Tête de vieillard.

ÉCOLE HOLLANDAISE

405 — Réunion de buveurs.

406 — Portrait de femme.

407 — Paysage orné de figures.

408 — Religieux en lecture. Peinture en grisaille.

ÉCOLE ITALIENNE

409 — La Flagellation.

ÉCOLE ITALIENNE

410 — Sujet mythologique.

411 — Mariage mystique de sainte Catherine.

412 — Portrait du Christ.

413 — Persée délivrant Andromède.

414 — Soldats au milieu de ruines.

415 — Vénus et l'Amour.

416 — Portraits : Cardinal et Guerrier.

417 — Portrait.

418 — Portrait de jeune femme en costume du XVIe siècle.

419 — La Nativité. Petite peinture sur matière dure; encadrement en ébène avec ornements en cuivre doré.

420 — Tête d'ange.

421 — Paysage : Moïse sauvé des eaux.

422 — La Toilette de Vénus.

ÉCOLE FLORENTINE

423 — L'Annonciation.

424 — Buste de la Vierge.

ÉCOLE DE PARME

425 — Le Christ sur la croix.

ÉCOLE VÉNITIENNE

426 — Sommeil de l'Enfant Jésus.

427 — Un Massacre.

428 — Jeune femme jouant de la mandoline.

429 — Plaque représentant la Nativité. Plaque de l'ancienne fabrique de Castelli.

430 — Quatre peintures sur verre : Sujets religieux et portraits.

431 — Trois panneaux décorés de sujets religieux gravés.

432 — Divers petits tableaux et études.

433 — Miniature ronde : Portrait de jeune femme du temps de Louis XVI. Cercle en or.

434 — Petite miniature ovale : Portrait de Marie-Antoinette. Cercle en argent.

435 — Dix-huit peintures, miniatures et mosaïques.

DESSINS

DESSINS A LA PLUME, PAR GRANDVILLE

436 à 475 — Collection de 40 dessins à la plume, par Grandville : Caricatures politiques, parmi lesquelles on remarque : *L'Arbre de la Liberté*, *La Grande Revue passée par la Caricature le 30 octobre 1830*, *La Salle d'armes*, *Les Vendanges* et autres. Caricatures littéraires et politiques : *Jérôme Paturot*, scènes populaires. *Les Fleurs*, *Gulliver*, *Un autre Monde*, *Proverbes*, etc.

476 — Environ cinquante pièces lithographiées, par Granville : *Caricatures* politiques et autres sujets.

477 — Six dessins sous verre de l'École moderne.

478 — Environ 100 dessins anciens de Maîtres italiens, flamands et français.

479 — Plusieurs lots gravures et eaux-fortes des diverses Écoles.

LIVRES

480 — *Le Moyen-âge et la Renaissance*; 5 vol. in-4, reliés en maroquin rouge. Bel exemplaire.

481 — *Les Arts somptuaires;* 3 vol. in-4, reliés en maroq. rouge. Bel exemplaire.

482 — *Histoire de l'Art du Dessin*, par Vin Kelmann. 3 vol. grand in-fol., reliés.

483 — *Meubles et armes du moyen âge*, par Asselineau. 2 vol. in-fol. reliés.

484 — *Annales du Musée*, par Landon. 6 vol. in-8 cartonnés.

485 — Douze vol. in-8. Œuvres variées illustrées par Grandville.

486 — *Herculanum et Pompeï*. 8 vol. in-4 cartonnés.

487 — Un vol in-fol. cartonné, gravé d'après les peintures de Massaccio. Rome, 1809.

488 — Onze Albums-recueils de caricatures, gravures et dessins.

489 — Deux vol. in-8. *Les Confessions de J.-J. Rousseau* et *Voyage aux Pyrénées*, par Taine.

490 — *Bible*. Édition de Paris, 1546. Vol. in-fol. relié en veau.

491 — *Essais de Montaigne*. 3 vol. in-4, reliés en veau. Édition de 1774.

492 — Vingt vol. Ouvrages sur la Peinture et les Beaux-arts, et deux manuscrits.

493 — Objets omis.

Renou et Maulde, imprimeurs de la Compagnie des Commissaires-Priseurs, rue de Rivoli, 144. 1075

11 oct 264 flambeau 1388 g

299 – calice et patène – 1040 g

192 – Monstrance 833

278 calice 160

279 – Ceinture 700

281 – Ceinture 380

277 – Tintinabulle 230

257.40 – Miniature [illegible] 255

286 – Boite [illegible] 140

290 – 4 évangelistes 168

257 – Boite [illegible] 257

281 – [illegible] 5900

www.ingramcontent.com/pod-product-compliance
Ingram Content Group UK Ltd.
Pitfield, Milton Keynes, MK11 3LW, UK
UKHW021959260726
13994UKWH00004B/1840

9 782329 450292